# 越走越远

YUE ZOU YUE YUAN

王谢冬 著

西南师范大学出版社
国家一级出版社 全国百佳图书出版单位

## 图书在版编目（CIP）数据

越走越远 / 王谢冬著 . -- 重庆：西南师范大学出版社，2020.12

ISBN 978-7-5697-0572-0

Ⅰ．①越… Ⅱ．①王… Ⅲ．①诗集 - 中国 - 当代 Ⅳ．① I227

中国版本图书馆 CIP 数据核字 (2020) 第 242303 号

**越走越远**

YUE ZOU YUE YUAN

王谢冬　著

---

责任编辑：李　君
责任校对：李晓瑞
装帧设计：起源
排　　版：杨建华
出版发行：西南师范大学出版社
网址：http://www.xscbs.com
地址：重庆市北碚区天生路 2 号
市场营销部：023-68868624
邮编：400715
印　　刷：重庆荟文印务有限公司
幅面尺寸：140 mm × 210 mm
印　　张：4.875
字　　数：100 千字
版　　次：2021 年 1 月 第 1 版
印　　次：2021 年 1 月 第 1 次 印刷
书　　号：ISBN 978-7-5697-0572-0

---

定　　价：46.00 元

# 单纯、朴素、本真的诗意

## ——序王谢冬诗集《越走越远》

蒋登科

在当下的诗坛上，如果按照较高的要求来评判，王谢冬的诗写得比较实在，继承得多，突破较少，不属于可以在写作者、读者中广泛流行的那类作品。当然，我并不认为流行的东西都是好的，有人就曾经用流行性感冒做过比喻，谁能说流行性感冒是好东西呢？但是，读过之后，我至少感觉到王谢冬的诗是诗，而且是有着自己特点的诗。对于一个诗歌爱好者来说，这就足够了。

追求单纯可能是其诗歌给人的基本感受。诗集《越走越远》收录的一百多首诗涉及的题材还是比较广的。她把诗集分成了五个板块，命名方式都很简单，就是在每个板块中选择一首诗的题目来命名，分别是“这里”“树和风”“日历”“奔跑者”“曾经”，前四个板块是她近年的作品，“这里”写的是行旅和旅途所见，“树和风”可以称为咏物诗，“日历”写的是与季节、时序、时间有关的感悟，“奔跑者”写的是不同的人物，而“曾经”收录的则是她创作初期的一些作品。可以说，这本诗集记录了谢冬诗歌创作的历程，勾勒了她对诗歌理解的变化，也可以说是她的心灵轨迹的诗意记录。

在表达丰富的人生体验的时候，谢冬并不像现在一些诗人那样，试图把看到的、想到的一切都塞进诗句、诗篇中，生怕遗漏了一点点自己觉得新鲜的东西，而是追求情感、表达上的单纯。她往往只是在作品中表达某一种特别的体验，而这种体验是真正打动过她的，或者经过了她内心的审视、选择和提炼。我们在她的几乎每一首作品中，都可以较为真切地感受到作者想要表达的东西。因为单纯，她的表达也许有些直白，但一般不会引起误解。我们所谓的单纯，可以简单地理解为一事一感，一感一诗，而不是把各种混杂的体验、情感都放置于同一作品中。比如在《钟鼓楼》，她感受的是："被高楼大厦包围的兄弟俩 / 在川流不息的车流中 / 迷失了自己"，这其实是一种具有现代性的体验，其背后有着流淌不息的时间信息;《办公室的一株植物》中有这样的诗行："你呼吸着空调吹出的暖气 / 喝着有消毒液味的自来水 / 见证着职场的勾心斗角 // 你累了，病了，瘦了，黄了 / 在冰冷的墙角 / 你幽幽的心事就像枯黄的叶子 / 一片片悄悄凋零"，我们不知道诗人写的具体是什么植物，但可以肯定的是，它生长在办公室，而不是在自然环境中。正是这种生长环境的变迁，使"植物"面临着巨大的生命压力，或者说是在一种本来不适合植物生长的扭曲环境中艰难地生长。其实，这哪里是在写植物，分明是在写人，甚至有可能就是诗人自己。

无论是观照外在世界，还是打量内心，谢冬在创作中试图表达的都是自己的体验，而且是较为单纯的情绪。这不是说，面对世界，面对自己，诗人只会产生这种体验，而是她善于取舍。她清楚自己在每一首诗中所要表达的核心，有意把那些与这种体验不相干的东西统统扔掉，由此保持表达上的单纯。这其实是诗歌创作中的一种取舍功夫，很多人是做不到的。我不是说，谢冬已经做得很好甚至完美了，而是说她采取的这种方式是适合自己的，也和诗歌的艺术特征、诗歌创作的心路历程相匹配。

与单纯相对应的表达，可以是华丽，也可以是朴素。谢冬选择了朴素。这可能和她的人生观有关。人生本朴素。无论多么繁花似锦、起伏跌宕的人生，去除枝蔓之后，人们最终感悟到的人生本质其实都是朴素的。这种本质性的感悟映射到艺术中，就成为艺术发现里最基本的元素。尤其是诗歌，它所追求的往往是生命之本真，是洗尽铅华之后的人生真谛。谢冬的诗试图表达的就是这种体验、感悟。在《西双版纳》中，她感受到的是："椰子树笔直地插向蓝天 / 将白云，开在枝头"，是景色，也是心情；《无人打理的庭院》在谢冬的笔下，有了难得的宁静："无人打理的庭院 / 阳光静静地洒 / 雨悄悄地下 // 无人打理的庭院 / 风静静地吹 / 野草悄悄地长 // 无人打理的庭院 / 花静静地开 / 叶悄悄地落"，是寂寞，是孤独，更是自然、自在，是一种本真的生命状态。

这些具有意味的作品，在语言上并不追求华丽，而是淡然处之，完全是心绪在笔端的自然流露，不需要打扮，只进行适当的剪裁，就把诗人的情感、体验和她所追求的人生境界流于文字之间。尤其是在注重外在打扮、空壳化倾向比较明显的今天，这种追求是值得肯定的。而且，她的有些诗意发现可以使人眼前一亮，比如《算命的盲人》中的诗句："盲人虽然看不见/可人们却被他牵着走”，看似荒诞，其实很值得我们思考、反省。在诗歌写作中，值得回味的意味，或者可以让人反思、警醒的发现，才是诗歌真正的血肉，才是支撑诗歌站立起来的根本。

也许有人会说，单纯、朴素的追求只是诗歌写作中的“小儿科”，人人都会使用。事实并非完全如此。只有真正体悟到人生真谛的人，或者获得了真正的艺术发现的作品，才是不需要过度包装的，而那些对人生感受似是而非、含混不清的人，才需要通过华丽的外表来遮掩。当然，诗歌艺术在不断发展着，随着人们对诗歌艺术的多元化探索，单纯、朴素的追求也只是多种追求中的一种，而且可能还存在一些不足，比如有些表达较多地关注哲理性而可能会少了一些灵动，有些作品可能缺乏丰富性甚至显得单薄、单调，但是，相比于思绪凌乱、口齿不清、苍白空洞、表达失控的作品，这样的写作应该算是诗歌写作的正路。

读完这本诗集，我发现，谢冬确实是在有所发现、有所感动的时候才动笔写诗的。她的几乎所有作品都或多或少、或深或浅地对现实、人生进行了打量、思考，而且不是重复别人已经完成的那种思考，读后总能让人有所思、有所获。同时，她对诗歌文体、诗歌语言的理解和把握也比较到位。她的诗大多数是短诗，不存在为了延展篇幅而冲淡诗意的情况；她注重语言的诗化，在虚实处理、内外沟通、意象选择、弹性和张力建构等方面应该是下了不少功夫的，读起来看似轻松，却可以让我们从流淌的旋律、飘动的情绪中，感受到单纯、朴素却浓郁的诗意。

我不是说谢冬的所有作品都是好作品，她对现实挖掘的广度、对人生思考的深度、对生命感悟的厚度、对艺术探索的原创度等等，都还存在一些欠缺，但她的诗是有诗意的，也是有诗味的。因此，我建议她在不断扩大阅读范围、关注更多优秀作品的同时，在坚持自己的特点的基础上，也要善于吸收当下出现的一些新的艺术观念、艺术手段，以丰富诗歌的表达。期待她坚持自己认定的人生与艺术之路，并在这条路上“越走越远”，采撷情感与精神的花朵，写出更多更好的作品。

2020 年 4 月 23 日，于重庆之北

蒋登科，四川巴中恩阳人，文学博士，中国作家协会会员，西南大学中国新诗研究所教授、博士生导师，西南师范大学出版社副社长，兼任重庆市作家协会副主席、重庆市北碚区作家协会主席。

# 目 录

contens

序：单纯、朴素、本真的诗意 /1

## 第一辑 这里

孔子 /2
崂山有感 /3
钟鼓楼 /4
大明湖 /5
秦陵地宫 /6
李清照故居有感 /7
问 /8
屈原 /9
端午节 /10
寻找苏东坡 /11
木格错 /12
贡嘎神山 /13
红石滩 /14
醉在泸沽湖 /15
泸沽湖的夜晚 /16
七彩云南 /17
西双版纳 /18
这里 /19
在大理 /20
玉龙雪山 /21
丽江古镇 /22
我愿 /23
一路向南 /24

一首诗正在赶来的路上 /25
普者黑的莲 /26
巨大的棋盘 /27
放下 /28
慢慢的一天 /29
高原上的风 /30
今夜 /31
骑楼老街 /32
登火山 /33
我的大海 /34
魔鬼城 /35
释放 /36
止步 /37
禾木村 /38
西藏印象 /39
布达拉宫 /40
纳木错 /41
故宫游有感 /42
北京奥运 /43
旅居秦淮河 /44
摩围山 /45
蚩尤九黎城 /46
阿依河 /47
回到双江 /48
涪江夜色 /49
牵手 /50

## 第二辑 树和风

睡莲 /52
叛逆的荷 /53
荷 /54
一树雪 /55
茶花 /56
情人节的玫瑰花 /57
油菜花漫过春天 /58
心花开了 /59
梨花 /60
桃花 /61
含苞待放的花蕾 /62
枯叶 /63
树和风 /64
办公室的一株植物 /65
玉兰 /66
棉花 /67
无名花 /68
栀子花开 /69

## 第三辑 日历

秋日野外 /72
秋风 /73
过年 /74
年·时间 /75
鼠年 /76
包容 /77
春天和冬天的距离 /78
春 /79
一晃而过的春天 /80
开着车穿过春天 /81
天上人间 /82
收衣服 /83
无人打理的庭院 /84
生命力 /85
虚度的周末 /86
雨过天晴的日子 /87
登山 /88
蝉鸣 /89
失眠 /90
一根硬骨头 /91
困 /92
沉默的村庄 /93

等待 / 94
归隐 / 95
日历 / 96
家 / 97
一条遗失在风中的睡裙 / 98
瀑布 / 99
时钟 / 100
弹筝 / 101
美容院洗面 / 102

## 第四辑 奔跑者

诗友小聚 / 104
写作的女子 / 105
女诗人 / 106
男同学 / 107
奔跑者 / 108
运动健儿 / 109
捡垃圾的老人 / 110
算命的盲人 / 111
父亲组诗 / 112
别人的影子 / 115
井里的月亮 / 116
小狗旺旺 / 117

歌星和诗人 /118
变色龙 /119

## 第五辑 曾经

自画像 /122
抽象画 /123
咖啡 /124
困扰的夜 /125
几张黑白相片 /126
曾经 /127
少妇 /128
假面舞会 /129
衡 /130
幻想 /131
佛 /132
异乡 /133
无法了结的心事 /134
十八岁 /135
捕蝉 /136
青春 /137

后记：在诗歌里欢笑和哭泣 /139

❖ 第一辑

# 这 里

这里的河水很清

这里的阳光很亮

这里的格桑花

治愈了我的忧伤

# 孔子

穿过古老的松林走近你
穿过厚重的石碑走近你
穿过缭绕的香火走近你

走近你
触摸你的灵魂
感受你的思想
沐浴你的光芒

我看见你站在高高的讲台上
面对三千弟子
传道，授业，解惑
我甚至还听见
从你茅屋里传出的低沉的琴声

你的每一句话
都成为经典
你的每一个故事
都是传奇
你周游列国撒下礼仪的种子
已在子子孙孙心中生根发芽
你亲笔写就的那一个大大的“儒”字
两千多年来
一直悬挂在中华民族高高的庙堂之上

# 崂山有感

孔子问道于老子
我心中的许多疑问
该问谁

我没有穿墙术
也不会隐身
人生的这一场修行
我道行太浅

即使如一朵高高在上的莲
也不得不与烂泥纠缠

得不了道
更成不了仙
在红尘中孑孑独行
我的灵魂始终无处安放

# 钟鼓楼

钟楼和鼓楼
像两个从小耍到大的好兄弟
相互守望，不忍分离

晨钟暮鼓
一唱一和
敲了好几个世纪

踩着钟声和鼓点
穿长衫的男人走过
三寸金莲的女人走过
抬轿的走过
骑马的走过

现在，被高楼大厦包围的兄弟俩
在川流不息的车流中
迷失了自己

# 大明湖

荷花开在水中央
拒绝踏足红尘半步
鱼儿深入浅出
吐出一首首唐诗宋词
杨柳像一个个长发美女
低着头细细聆听

天子的龙舟早已驶过
而传奇的故事流传至今

此刻，快艇在湖中溅起热闹的浪花
游人追逐着导游的旗子
恋人们在红花绿叶的掩映下卿卿我我
而我一不小心
就站成了别人镜头里的风景

# 秦陵地宫

在这里
一切都是静悄悄的

那个修长城、统一六国
野心勃勃的帝王
那个焚书坑儒
杀人无数的暴君
此刻，静静地躺在属于他的领地

舞台上
舞姬们静静地跳着
左右两边
大臣们静静地站着
就连守卫的千军万马
也都静悄悄的
不敢发出一丝声响

时光已经静止两千多年了
游人啊
请不要打扰一个帝国安静的梦

# 李清照故居有感

薄雾弥漫的清晨
你独上兰舟
驶向荷花深处

雨打蕉叶的黄昏
你倚在窗前
嗟叹绿肥红瘦

月上西楼的夜晚
你在院中徘徊
一种相思
两处闲愁

你让这里的每一片叶
每一朵花
每一滴水
都充满诗意

直到如今
每当风起的时候
庭院里的杨柳就会摇头晃脑
齐声吟诵你芬芳的词句

# 问

师傅
能和你合个影吗？

师傅
身后的大雁塔是你的家吗？

师傅
你从西天取回的经书呢？

师傅
你的三个徒弟哪里去了？

师傅
现在妖魔鬼怪藏身何处？

师傅
能不能借我一双火眼金睛？

# 屈原

已经过了两千多年了
我仿佛仍能听见
你痛心疾首的呼喊

大厦将倾
你羸弱的身体
撑不起一个王朝的脊梁

你只有把满腔的悲愤
洒向空中
化作一首首，啼血的诗歌

汨罗江边
你不再上下求索
望一眼破碎的旧河山
你纵身一跳

从此，一个名字
在中国的史书上
流芳千古

# 端午节

这几天
每条河流都满怀虔诚
准备献出一场盛大的祭祀

这几天
一个名字被反复提起
他散落在水中的诗句
再次被人们捡拾

这几天
菖蒲和艾草挂满了门庭
将一杯雄黄酒举过头顶
让我们替那个楚人
向苍天发出
千年的追问

# 寻找苏东坡

他的人生
就像一个断线的风筝
从繁华的京城，孤零零地
飘到荒蛮的海岛

高处不胜寒啊
纵使有“西北望，射天狼”的豪情
最终也只能化作
赤壁边的一声叹息

于是，他把自己隐藏在他的诗词里
千百年来
人们一直在苦苦找寻

# 木格错

蓝得没有一丝杂质的天空
只适合生长白云

而绿色的草地和山坡
需要花朵、杂草、石头和马匹来点缀

木格错清澈冷冽的湖水
是雪山流下的眼泪

在这经幡飘扬的高原
我屏住呼吸
用心聆听那些隐秘的声音

# 贡嘎神山

当第一缕晨曦将贡嘎山点亮时
海螺沟便苏醒了

鸟儿开始鸣叫
树木开始生长
冰川也开始融化

作为众山之王
贡嘎山坐在高高的云端
接受万物的膜拜

# 红石滩

一坨坨红色的石头
零乱地摆放在河的两岸
像一个迷魂阵

总会有抵挡不住诱惑的人
让自己深陷其中

中了机关
或是遭了埋伏
他们才会明白
越是美丽的东西
越要小心靠近

# 醉在泸沽湖

泸沽湖的夜色
在酒杯里荡漾

烈焰红唇
在黑暗中开出一朵花
宛如隔世

一滴酒
把矜持的夜晚
砸得摇摇晃晃

# 泸沽湖的夜晚

泸沽湖的夜晚
需要用酒杯
碰撞出一些激情

然后那些秘密
就会趁着夜色
悄悄爬上女人的阁楼

月光下荷尔蒙的味道
把平静的泸沽湖
搅得风生水起

# 七彩云南

蓝色的
是海水，是天空
白色的
是云朵，是海鸥

还有金色的阳光
绿色的高山
五颜六色的花朵

把海水做成裙子
把白云做成衣裳
把鲜花插在发间
把阳光披在身上

跳一支孔雀舞
七彩云南便跟着摆动起来

# 西双版纳

从重庆湿漉漉的梅雨天气
到西双版纳的艳阳高照
只需要，两个小时

椰子树笔直地插向蓝天
将白云，开在枝头

穿着傣族服装的少女
顶着水缸，婀娜地走向竹楼

孔雀开屏了
向我这个外乡人
展示版纳的美

# 这里

这里有榕树、椰树、菩提树
这里有杧果、菠萝、火龙果
这里有鸡蛋花、凤凰花、缅桂花
这里有老虎、大象、孔雀
这里有傣族、哈尼族、布朗族
这里有美酒、歌声和舞蹈
这里还有猫哆哩和哨哆哩的美丽传说

# 在大理

不管是上关的风，下关的花
还是苍山的雪，洱海的月
今天
我都要一一拜会

还有南诏国的历史
崇圣寺的钟声
百年古镇的沧桑
丝绸之路的繁华

还有
喜州的粑粑
过桥的米线
普洱的茶……

美景美食实在太多太多
我三天的行程
已经装不下

# 玉龙雪山

这座远离尘世的山
冰清玉洁

踩着白云
我登上白雪皑皑的山峰
像大鹏一样张开双臂

凛冽的风鼓动我的翅膀
纯净的天空任我翱翔

我的目光变得高远
我的心胸变得辽阔

# 丽江古镇

在丽江古镇
穿梭在琳琅的商品中
熙攘的人群中
热闹的音乐中
我是匆匆的过客

弯弯曲曲的小巷
霓虹闪烁的酒吧
鲜花环绕的客栈
留下了我短暂的身影

来时的夜晚
古镇很热情
走时的清晨
古镇很安静

# 我愿

我愿做一棵茶树
站在高高的山岗
等着你来采撷

我愿做一株凤凰木
开出火红的花朵
等着你来栖息

我愿做一朵鸡蛋花
戴在你的发间
我愿做一只孔雀
只为你开屏

# 一路向南

冬天，向南走
你总会找到阳光

总会有一个院子
容得下你的流浪

总会有一条河流
涤荡你的灵魂

总会有一片房顶
让你抖落一身的风霜

# 一首诗正在赶来的路上

一首诗
正从南方赶来

它被金色的阳光温暖过
被绽放的花朵芬芳过
被高高的白云注视过
被清澈的湖水涤荡过

这首诗
带着许多美好的事物
正向我赶来

# 普者黑的莲

普者黑的莲
活在自己的世界里
不理会外面的喧嚣
执着于这方偏远之地

高高举起的灯盏
盛满了清风、月光和鸟鸣

让清风在瓶中盛开
让月光在酒里流淌
让鸟鸣在舌间欢快

把自己和盘托出后
一朵莲
撑起了普者黑的一片天

# 巨大的棋盘

普者黑的大地
是一个巨大的棋盘
而一座座山峰
就是它的棋子

隔着河
两军严阵以待
谁也不敢轻举妄动

这盘棋
对峙了亿万年
没有开始
也永远不会结束

# 放下

来的时候
我背着很多包袱

马车慢悠悠地
将我拉进一幅画中

隐居在画里三日
我变得越来越轻

走的时候
我像一只蝴蝶
从画中飞出

# 慢慢的一天

用马车代替汽车
一天的时光
也会慢下来

慢慢地在路上摇晃
慢慢地从一片花海
到一个村庄
从一条小河，到一座山峰

夜晚，当月光洒满荷塘
就让我慢慢地慢慢地
爱一个人

# 高原上的风

高原上的风
吹动花朵
吹动小草
也吹动骏马的鬃毛

高原上的风
越过草地
越过湖泊
也越过高高的山峰

高原上的风
带走雄鹰
带走积雪
也带走我的思念

# 今夜

今夜
我站在高高的阳台
吹着海风
观对岸的万家灯火

今夜
海上没有月亮
你在北方
我在南方

今夜
我枕着琼州海峡的涛声
做着千里之外的梦

# 骑楼老街

破旧的建筑
还带着南洋的气息
红色的钟楼
仍流淌着斑驳的时光

百年的老店
沧桑的雕塑
戏院、教堂、庙宇
像一个个老人
站在夕阳下
静静地回忆着过去的辉煌

吃文昌鸡
喝椰子水
穿沙滩鞋
走在老街
请问
有没有人陪我
再下一次南洋

# 登火山

不知有多憋屈
才会爆发得如此惊天动地

如今
你遍体的伤痕
已被茂密的树木覆盖
只有动物们
才知道你隐秘的伤疤

将自己置身于火山上
是不是一件危险的事
或许
我心中压抑多年的火山
会比你更先爆发

# 我的大海

你的泪水比我的
还咸
你的忧伤比我的
还深
你的脾气比我的
还坏

让我拿什么爱你
我的大海

# 魔鬼城

在这里
魔鬼与亡灵作伴
风沙和岩石碰撞
白垩纪时期的恐龙
静静地躺在荒漠里

阳光将我的影子拉得老长
行走在茫茫戈壁
我的孤独无边无际

# 释放

站在山巅
我就是群山之王
居高临下，一呼百应

天空低下来
白云低下来
漫山遍野的牛羊
都是我的臣民

阳光为我照耀
鲜花为我盛开
当风儿吹来的时候
打开压抑的内心
我就是那拉提草原上的一只鹰

# 止步

师徒四人
从西游记中走出
在吐鲁番
变成了雕塑

故土在东
佛祖在西
都隔着千山万水

即使火焰山就在身后
他们却再也
无法翻越

# 禾木村

这里离天很近
神鹰在头顶盘旋
白云缠绕着青山

这里的时光很慢
牛羊在草地上咀嚼着光阴
白桦林在岸边静静修行

这里的河水很清
这里的阳光很亮
这里的格桑花
治愈了我的忧伤

# 西藏印象

到处都是雪山
到处都是湖泊
到处都是草地
到处都是牛羊

到处都是寺庙
到处都是喇嘛
到处都是经幡
到处都是信仰

让经幡飘起来
让经筒转起来
让吉祥如意的歌儿唱起来
让热情欢快的锅庄跳起来
让幸福美满的生活一起来

# 布达拉宫

像一条洁白的哈达
像一座高高的雪山
像一朵盛开的雪莲
像一只展翅的神鹰

布达拉
雪域高原最神圣的地方
住着神仙和喇嘛的宫殿

释迦牟尼和观音菩萨
五世达赖和灵骨塔
松赞干布和文成公主
仓央嘉措和他的诗歌

颂歌在雪域高原流传
秘密被幽暗的宫殿掩埋

# 纳木错

大片大片的白云
躺在蓝色的湖面上
像一个梦

马儿在湖边
静静地吃草
这里有大把的光阴可以浪费

海鸥飞过辽阔的湖面
也飞过远处连绵不绝的雪山

在无边无际的蓝和白里
我坐下
像一头安静的牦牛

# 故宫游有感

这座曾经守卫森严的宫殿
如今只需要几十元的门票
就能够随便参观

你可以在太和殿前昂首阔步
也可以在乾清宫外高谈阔论
可以登上天安门城楼挥挥手
也可以在御花园里留个影

男人不再留辫
女人不再裹足
没人自称奴才
也不会山呼万岁

封建礼仪早已废除
而几千年的封建思想
是否已从人们脑海中摒弃

# 北京奥运

一朵美丽的祥云
带着爱琴海水咸咸的味道
从遥远的古希腊
飘到了北京的上空

一枝青翠的橄榄枝
被洁白的和平鸽衔着
缓缓降落到鸟巢

奥林匹克的歌声响起
一面面五颜六色的旗子迎风飘扬
龙的传人张开热情的双臂
欢迎来自四面八方的人们

这里没有战争
没有种族歧视
流光溢彩的北京
变成了一个欢乐的海洋

# 旅居秦淮河

三月的秦淮河畔
桃花红了
柳叶绿了
燕子从乌衣巷中
飞进又飞出

“君子不过文德桥”的古训
早已被遗忘
人们南来北往
行色匆匆

而当夜幕降临
唯有两岸闪烁的霓虹灯
装饰着旅人苍白的梦

# 摩围山

这座山
在彭水的南边
有着高高的山峰
和茂密的森林

在山上
阳光变得温柔
风儿变得缠绵
连鸟儿的鸣叫
也变得婉转

到飞云口观云
到豹头崖吹风
到情人谷牵手
到古寺中参禅
到木屋中打坐

夜晚来临时
请给我一壶酒
让我在山中沉醉
请给我一首歌
让我在月下徘徊

# 蚩尤九黎城

白天
这座城
在摩围山脚下
是安静的

夜晚
这座城
在火光映射下
是热烈的

蚩尤的传说在城中飞檐走壁
让密急的鼓声敲起来
让悠扬的歌声唱起来
让欢快的舞蹈跳起来
让浓浓的烈酒喝起来

让苗族几千年的历史
在耀眼的火光中
亮起来

# 阿依河

这条河
有着妩媚的名字
和婉约的身段

从长旗坝出发
阿依河扭几下腰
就到了乌江口

峡谷、溶洞
绿绿的山和清澈的水
土家族的阿哥在河中泛舟
苗族的妹子在山中歌唱

纵情山水之间
让我们许下
永生的诺言

# 回到双江

风吹
吹过雕花窗
吹过四合院
吹过高高的红灯笼
吹过厚厚的砖墙
吹过长长的石板路

风越吹越远
吹过我的青年、少年和童年

我看见我在
杨家大院内捉迷藏
禹王宫里读书
猴溪中摸鱼
卫星坡上弹吉他

风吹着吹着
将我吹回到了起点
在这里
我将再一次经历成长

# 涪江夜色

一幢幢身披霓裳的高楼大厦
站在岸边
把涪江变成一条绵延的彩带

莲花大桥像一条黄龙
飞跃江面
呼风唤雨

时光长廊有很多人
他们有的走向过去
有的走向未来

我站在岸边
把自己站成一盏灯
照亮回家的路

# 牵手

自从涪江大桥被拆后
新城和老城
就隔着一条江的距离

老城是大哥
性格沉稳、步伐缓慢
新城是小弟
血气方刚、与时俱进

老城和新城隔江相望
期盼团聚
你有我儿时的记忆
我有你未来的希冀
直到
新的涪江大桥飞架南北
两兄弟再度牵手
血脉相通
携手并进，不离不弃

❖ 第二辑

# 树和风

裹得严严实实的心

在等待

春天温柔的呼唤

# 睡莲

没有根基
就要学会放低身段

不要与高高在上的荷花争艳
虽然你们貌似一家
也不要理睬鼓噪的青蛙
虽然它在你身上跳来跳去

这里不是世外桃源
风吹的时候
就随波逐流一下
雨打的时候
也配合着点点头

在水的一隅
以一个苦行僧的姿态
静静地修行

# 叛逆的荷

骄傲的头颅
不得不低下
因流言。因蜚语

白昼说你太张扬
夜晚说你太妖娆
虚伪的世界
容不下真性情

爱，藏在火炬一样的心里
一旦被点燃
伤了别人
更毁了自己

# 荷

我愿变成一支笔
为你写下芬芳的诗句

我愿变成一张画布
留下你美丽的倩影

我愿变成一滴水珠
在你宽大的绿叶中摇曳

我愿变成一阵风儿
为你掀起阵阵涟漪

我愿变成一片荷塘
将你永远开在心底

# 一树雪

雪，从枝头长出
长成一树洁白

一树雪
站在四月的阳光下
不会融化

只有风
吹落片片雪花
一场雪
在四月慢慢下

# 茶花

是昨夜的风
还是今晨的雨
让你从高高的枝头坠落

红冠一时的你还没有任何准备
辉煌就已成为过去

躺在湿冷地面的几点残红
只能等待一双无情的脚
从你身上踩过

# 情人节的玫瑰花

这一天
我身价倍增
终于成为主角

这一天
我藏起心中的刺
开得如此温柔
如此美丽

不管经历多少冷落和委屈
都可以忽略不计
只要你今天
能将我紧紧拥在怀里

# 油菜花漫过春天

春风一吹
油菜花便决堤了

漫过田野
漫过山岗
漫成一片黄灿灿的汪洋

我荡舟
用春风作桨
赶赴一场花的盛宴

# 心花开了

站在山顶
蓝天是我们的背景
白云在头上
开出一朵朵花

阳光偶尔从云中穿出
照出我们的影子成双成对

春风从四面八方涌来
吹开桃花
吹开梨花
也吹开了我们的心花

# 梨花

你是枝头上
开出的朵朵冰霜

即使三月温暖的阳光
也不能将你融化

冷暖自知
甘苦自知

你用你的冷傲
抵抗着尘世的凉薄

# 桃花

被黛玉葬过的花
画在扇上的花
和人面相映红的花
有劫数和运气的花
和梨花、茶花、菜花一样
成为春的妃子的花
必定是春宫里
最娇艳最多情的那一个

# 含苞待放的花蕾

准备着，准备着
把所有的雨露、所有的阳光
都凝聚起来

尽管风不停地催
你却不愿轻易开放
裹得严严实实的心
在等待
春天温柔的呼唤

# 枯叶

尽管已经枯黄
尽管秋风不停地吹
你仍紧紧地抓住树枝
不愿放手

是习惯了对树枝的依赖
还是高高在上的生活
让你如此不舍

与其卑微地委曲求全
被人看轻
不如放手一搏
随着秋风
自由飞舞

# 树和风

树和风
是一对冤家
树欲静而风不止
风从不给树一点喘息的机会
即使树躲进深山
逞强好胜的风也会追来
将树叶弄得哗哗作响

秋天到来的时候
风就更加起劲
用翻云覆雨的手段
将树叶全部俘获
剩树一个光杆司令
孤零零地站在那儿

# 办公室的一株植物

自从来到这里
你就没有真正开心过

水泥地和天花板禁锢了你青葱的梦想
蝴蝶和蜜蜂也不再光顾
阳光雨露更是与你绝缘

你呼吸着空调吹出的暖气
喝着有消毒液味的自来水
见证着职场的勾心斗角

你累了，病了，瘦了，黄了
在冰冷的墙角
你幽幽的心事就像枯黄的叶子
一片片悄悄凋零

# 玉兰

玉兰
有多少女子以你为名

这是一个芬芳的名字
散发着春天的味道

阳光下
树上盛开的玉兰姹紫嫣红

而那些叫玉兰的女子
是否也一样优雅美丽

# 棉花

是天上的白云
开在枝头吗
一朵，一簇，一片
开成洁白的云海

说你是花
你却没有娇美的容颜
袭人的香气
你和栽种你的庄稼人一样平凡

虽然你的人生轻飘飘的
但你却能在寒冷的冬天
带给人们实实在在的温暖

# 无名花

一根细长的枝条上
开着几朵紫色的小花
像几个不知名的村姑
从围墙外
好奇地探过头来

风一吹
她们就咯咯地笑起来
笑得连枝条也跟着一起颤动

# 栀子花开

一年一度的相见
你总是用一缕幽香
让猝不及防的我
骤然停住了匆匆的脚步

寻找的目光
蝴蝶般停在洁白的花朵上
久久不愿离开

不似梅花冷傲
也没有牡丹的国色
一袭素衣
却是那样清新脱俗

此刻，站在你面前
站在初夏的阳光里
我心中的花蕾
慢慢开放

❖ 第三辑

# 日　历

时间的鼓点

敲打在每个人的心上

一刻也不会停留

# 秋日野外

鸽子们在空中不停地飞
一遍遍擦拭着阴霾的天空

鱼竿在风中颤抖
孤独地钓着自己的影子

柚子经过风霜刀剑后
终于成熟低调了

蝴蝶从春天飞来
落在一朵秋天的花上

穿着风衣的我被风鼓动
在田野间飞翔

# 秋风

秋风吹动
吹动我紫色的窗帘
吹进我温馨的卧房

那时我正在熟睡
它掠走了我被窝中的一点温度
将我惊醒
又钻进书房
把一本本书翻得哗哗作响
还顽皮地在琴弦上跳来跳去

在我就要抓住它的时候
它忽然纵身一跃
我只看见
窗台上文竹的叶子
猛烈地动了一下

# 过年

街上的人忽然多了起来
人们提着大包小包
脸上洋溢着幸福的微笑

腊肉和美酒的香味
和着欢声笑语
从一个个窗户飘出

门神也站上了各家各户的门扉
两旁鲜红的对联
将他的脸映得通红通红

鞭炮噼噼啪啪响起
年的滋味就热烈地弥漫开来

# 年·时间

“红萝卜抿抿甜，
看到看到要过年”
儿时的童谣还在耳边回荡
倏忽间
几十个年就过去了

十二生肖都来回跑了好几圈了
时间的鼓点
敲打在每个人的心上
一刻也不会停留

# 鼠年

那只肮脏的
偷偷摸摸的
人人喊打的
老鼠
每隔十二年
就会摇身一变
变成光彩的
登上历史舞台的
人人欢迎的
明星

# 包容

一朵白云
像一个轻飘飘的口罩
在天上
慢慢飘着

天空用宽广的胸怀
容纳了它
并送给它阳光和春风
直到它变成
一朵花的模样

# 春天和冬天的距离

风变得越来越温柔
太阳也偶尔出来露个脸
花苞站上了树枝
等待着一吐芳蕊

春天和冬天
只隔着一层薄薄的窗户纸
轻轻一捅
无限的春光就会倾泻而出

# 春

春的手拂过冰封的河面
河水便潺潺流动起来
春的脚踏过田野山岗
大地就一片姹紫嫣红

所有人的额头都被阳光点亮
所有的梦想都重新启程

你看
金灿灿的菜花地里
一个裙裾飞扬的女孩对着镜头大声喊着
——我要飞！

# 一晃而过的春天

还没来得及穿上风衣
在风中飘逸
还没来得及在花前月下
写下多愁善感的诗句
春天
就一晃而过了

仿佛
鸟儿快速地飞过天空
石子在水面溅起短暂的涟漪

# 开着车穿过春天

开着车穿过春天
打开车窗
让阳光洒进来
让风儿吹进来

开着车穿过春天
放一首春暖花开的歌
让粉红色的桃花、白色的梨花
和金黄色的菜花相继开放

开着车穿过春天
我的眼睛就是一部相机
将一幅幅美景
深深印在脑海里

# 天上人间

河水是一面巨大的镜子
将蓝天、白云和阳光
都装进它的怀里

划着船
划开一片蓝天
去摘白云

鱼儿身披阳光
在天空中飞翔
鸟儿乘风破浪
在水中畅游

我的影子
倒映在水中
仿佛在天上
又似在人间

# 收衣服

天黑之前
把晾在后院的衣服收进来
我看见
我的衣服依偎在你的衣服怀里
在风中缠绵

天黑之前
把我们的衣服收进来
顺便收进后院的阳光和花香
让它们在衣柜里
保持原来的模样

# 无人打理的庭院

无人打理的庭院
阳光静静地洒
雨悄悄地下

无人打理的庭院
风静静地吹
野草悄悄地长

无人打理的庭院
花静静地开
叶悄悄地落

# 生命力

一个烂红薯
被我扔在花园
没想到
它还有开枝散叶的能力

它的藤蔓
延伸了好几个平米
要不是我及时掐灭了它的疯狂
也许我的整个花园
都会被它占据

# 虚度的周末

什么也不想
什么也不做
不写诗
也不弹琴

任凭院内花朵凋零
落叶堆满地
这个周末
我只愿在一壶茶中
虚度光阴

# 雨过天晴的日子

雨过天晴的日子
树叶还挂着水滴
泥土、青草和花朵的气息
更加浓烈

蝴蝶又开始飞了
鸟儿又开始叫了
心情又开始放晴了

这个时候
需要到户外走一走
把长出青苔的身体
拿到阳光下
晒一晒

# 登山

一步，两步
一米，两米

山越来越矮
我越来越高

站在山顶
我总想飞翔

总想从一只丑小鸭
变成凤凰

# 蝉鸣

它就这样
在我的窗前
叫嚣了一个夏天
又一个夏天

不知它是为世间的不平而鸣呢
还是仅仅因为这
闷热的天气

有时
我也想做一只蝉
也像它一样
在阳光下
毫无顾忌地大声呐喊——

把心中堆积的不快喊出去
把隐藏已久的心事喊出去

其实
蝉一直都光明磊落
它用它的声音告诉人们
我在，我爱

# 失眠

仰卧。侧卧。或者干脆趴着睡
我的身体就像一根擀面棒
在床上滚来滚去

“一二三四五六”，数数
“南无阿弥陀佛”，念经
都不能让活跃的脑细胞安静下来

喝水。解手。开空调
各种折腾
唉，这个难熬的夜晚
阴阳失调，黑白不分

# 一根硬骨头

我那曾经柔软如柳枝
能屈能伸的腰椎
多年后，终于变成了
一根硬骨头

这根硬骨头，让我
见人不再点头哈腰、卑躬屈膝
竟然让我在变老的时候
挺直了腰杆

而医生说，这根骨头
椎间盘突出，是病，得医

于是，这根骨头
在病床上，顽强地忍受着
针灸，火罐，激光等酷刑

这多像我那
吃尽了人间苦头
也不愿改的，倔脾气

# 困

大把大把无处安放的时间
被我立在指尖
数来数去

一座四合院
两扇大红门
锁住凝滞的光阴

柳叶绿了
石榴红了
万物都有它的使命

风吹过来
鸟儿飞过去
而我却只能留在原地

# 沉默的村庄

风吹过池塘的时候
会在水面留下脚印

就像翅膀硬了之后的年轻人
虽然飞走了
却留下了他们的孩子

越长越高的茅草，荒废的土地
让村庄越来越沉默

夕阳西下
没有炊烟的村庄
让我再也唱不出那首歌

# 等待

千株万株挂满果实的桃树
像一个个挑夫
挑着沉甸甸的担子
在山中，静静地等待

等待雨后的阳光
让它的果子，更甜一点
等待一双双采撷的手
让它的担子，更轻一点

漫山遍野满怀希望的等待
让路过的风
提前泄露了，丰收的消息

# 归隐

时间的河流
分开此岸和彼岸

此岸
我隐身于一棵菩提树下
捂紧伤口
收起锋芒
不发一语

彼岸
种着我的青春
开美丽的花
结苦涩的果

# 日历

一本新的日历
有 360 多个日子
里面装满柴米油盐
喜怒哀乐

撕下一页忧伤
撕下一页欢乐
撕下一页平淡
撕下一页精彩

日子越撕越薄
直到
剩下空空的壳子
被扔进时间的垃圾桶

# 家

关上落地窗帘
哗的一声
黑夜从眼前消失
满屋明亮的灯光
包围我

且不管外面是否刮风下雨
是否有竖着领子匆匆赶路的人
暖暖的被窝中
我心平气和
专心看书

# 一条遗失在风中的睡裙

那条光滑的丝绸睡裙
那条和我肌肤相亲相爱多年的睡裙
在一个夏日的午后
被我晾晒在阳台上

我一直以为它对我的身体很满意
我从不怀疑它的忠诚

谁知，睡裙早已有了外心
趁我午睡的时候
在风这个媒婆的帮助下
偷偷溜进了别人的家

# 瀑布

从高处流下的水
就变成了布

这匹布的长短大小
全由崖石这把剪刀裁定

轰隆声中
洁白的布从高处源源不断地流出

而握着这把剪刀的山
是一位永不知疲倦的裁剪师

# 时钟

嘀嗒，嘀嗒，嘀嗒
寂静的深夜
你的心跳单调而又坚强

一分钟 60 次
你紧跟时间这个主人的脚步
不敢快一秒
也不敢慢半拍

一丝不苟地认真工作
却得不到主人的奖赏
你的无奈
嘀嘀嗒嗒……

只有当你被生活逼着扭紧了发条时
你才会发出压抑在心中的呐喊
打破死一般沉闷的现状

# 弹筝

手指像一只只灵动的小鹿
在琴弦上跳跃

勾托抹劈，力贯指尖
揉颤刮摇，韵味十足
时而深厚低沉，如万马奔腾
时而高亢辽亮，如百鸟齐鸣

船儿荡过去
月色漫上来
离人愁，相思苦
这琴弦
尝尽人间酸甜苦辣
一腔心事，向谁诉说

# 美容院洗面

下午
美容床
一张等待被改变的脸

洗面的妹儿像一个身怀绝技的大侠
对着目标左右开弓
一阳指　二指禅
分筋错骨手
降龙十八掌
使尽全身功力
与时光这个敌人作战

两个小时后
瓶瓶罐罐倒下一片
天山童姥新鲜出炉

## ❖ 第四辑

# 奔跑者

人生本短暂

何必太匆匆

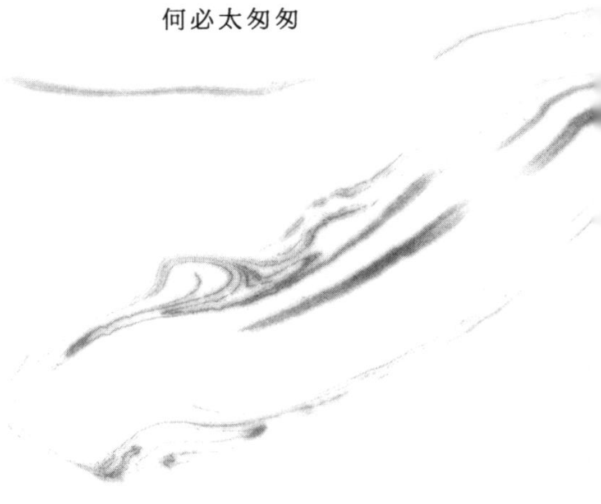

# 诗友小聚

邂逅几个熟悉的诗人
还有久违的诗歌
确实值得庆贺
他们把诗歌嚼在嘴里
倒进酒杯里
干杯！
看是否能碰撞出一些灵感

# 写作的女子

那个灵动的女子
有着乌黑的长发
和星星般闪烁的眸子

穿旗袍
撑油纸伞
走在小巷
她就是一首诗

夜深人静的时候
她坐在窗前
用笔
将黑夜点亮

密密麻麻的文字
像一张网
让她无处可逃

# 女诗人

她写荷花、桃花、梨花、梅花
写村前那一条小河
和河里嬉戏的鸭子

她写红薯、玉米、土豆、南瓜
写那一亩三分地
和扎根在地里的父亲母亲

她写的诗很多很多
她把对生活的热爱
和对现实的无奈
用诗歌搭成一架高高的秋千
让她在理想和现实之间荡来荡去

# 男同学

那个早恋的男孩
那个弹吉他的男孩
那个躲在教室窗外抽烟的男孩
如今已为人夫为人父

他的初恋
已像校园的一片银杏叶一样飘向远方
那把不知拨动了多少少女心弦的吉他
也蒙上了岁月的灰尘

同学聚会时
他不停地抽着烟
他的脸在烟雾后面
模糊不清
一如他游戏的人生

# 奔跑者

我是一个不知疲倦的奔跑者
没有目标
却一直不停向前奔跑
从春天跑向秋天
从青年跑向中年

不停奔跑
风在耳边呼啸
一路上错过了多少良辰美景
又与多少人匆匆擦肩而过

该歇一歇了
在跑向坟墓之前
收藏起浮躁的心情
坐在树下的长椅上
静静地欣赏
花开花谢，日出日落

人生本短暂
何必太匆匆

# 运动健儿

在这个舞台
你是唯一的主角
灯亮了
凝聚多年心血的花朵
在这一刻尽情绽放

在这个舞台
身体是唯一的语言
灯灭了
你呼啸而过
便点燃所有人的激情

力的刚
柔的美
箭一样的速度
山一般的沉着
一页页历史被刷新
一项项记录被打破

当国旗因你而升起时
我看见你激动的泪水
夺眶而出

# 捡垃圾的老人

那个老人
穿着褴褛的衣服
背着大大的背篓
在路边的垃圾堆中
捡拾垃圾

他是那么专注
用沾满细菌的黝黑的双手仔细地翻找着
仿佛垃圾里藏着什么宝贝

他的头顶
树叶在飘落
不知老人的心情
是否也像这枯黄的落叶
一片、两片……

# 算命的盲人

他端坐在桌子的上方
大约五十多岁的年纪
头发花白，衣着干净

人们怀揣着未知的命运
虔诚地从透着阳光的木门走进
伸出手来吧，男左女右
看算得灵不灵

于是一个人的命运就在他的嘴里浮沉
能不能大富大贵
有没有天灾人祸
都是——命中注定！

盲人虽然看不见
可人们却被他牵着走

# 父亲组诗

## 一、逝 去

那个和病魔斗争了多年的老人
在他 78 岁生日的前夕
闭上了他的眼

他走得那样安详
好像没有一点儿痛苦
但守在他身边的人
很痛

他一生的功过
已经盖棺定论
没有几个人评说

小镇依旧
街道依旧
行人依旧

只有他的遗孀
孤零零地坐在他以前常坐的门口
发怔

## 二、幸福

自从父亲老年痴呆后
母亲就常常唠叨

她批评父亲不认真吃饭
乱吐痰
不听话

身为退休教师的母亲批评父亲
就像批评她的学生一样
恨铁不成钢

批评着批评着
父亲就走了
剩下孤单的母亲悲痛欲绝

原来
有一个不听话的老伴常常被批评
也是一种幸福

## 三、送葬

父亲被八抬大轿抬着
平凡的他从未享受过如此待遇

灵房子、花圈和纸钱

装满了四轮车
节俭的父亲今后的生活一定过得很好

亲朋好友都来了
走在前面撒买路钱的是舅子
后面放火炮的是侄儿
儿子端着灵位
女儿捧着遗像

跟在后面的三亲六戚
有的偷偷抹泪
但大多数人沉默不语

噼噼啪啪的鞭炮声响起
这是父亲留给这个世界最后的声音

# 别人的影子

影子，这个可有可无的东西
从来没人把你当人看

永远都是别人的附属品
别人向东，你绝不敢向西

被人踩在脚下
自尊低到尘埃
你却无可奈何

你也想站起来
像别人一样直立行走
但结果却是
NO、NO、NO

既然命中注定只能做别人的影子
干脆就停止痛苦的挣扎吧
耐心地等待
你的主人倒下的那一天

# 井里的月亮

不幸掉进井里的月亮
深陷在幽暗冰冷的水中
无法自拔

她希望上升的水桶能将她搭救
但一只又一只无情落下的水桶
将她的希望击得粉碎

从此，她的世界只有井口那么大
夜空中那轮高高在上的月亮
就成为她的唯一

仰望，除了仰望还能干什么呢
当仰望变成一种习惯
她的内心却早已爬满苦涩的青苔

要想改变这痛苦的现状
就只能寄望于一块厚重的石板
彻彻底底将井口盖上
不留一丝过去的痕迹

# 小狗旺旺

旺旺在院里撒欢
咬一切可以咬的东西
随地大小便
它不看人的眼色
也不懂夹起尾巴做狗
它的天性
还没有被棍棒驯服

带它遛弯的时候
它跑在前面
横冲直撞
去它想去的地方
我跟在后面
被它牵着走

# 歌星和诗人

蝉和蛐蛐
一个是白日的歌者
一个是夜晚的诗人

一个在高高的枝头
大声地唱着
脍炙人口的歌曲
一个在浅浅的草丛
轻声低吟着
无人问津的诗句

# 变色龙

要想将自己隐藏起来
最好的方法
不是逃跑
而是一动不动
让自己变成一片树叶
一块石头
或者一抔尘土

你是一个出色的魔法师
哪里都是舞台
角色随心所欲
每一次你都用生命在进行表演
成功地骗过了所有人的眼睛

❖ 第五辑

# 曾　经

在那个湿漉漉的夜晚

哦　我们这流浪的一群

# 自画像

我是汪洋大海中的一座小岛
冷漠，固执又孤傲

没有喧闹的人烟
没有美丽的花草
甚至连一只鸟也不肯到我身上驻足
我赤裸的身体
唯有风沙肆虐的痕迹

以我泛着幽暗铁色的脊梁
撑起贫瘠的身躯
在凄风冷雨中形成自己不合规则的轮廓

从来不会低头
我心乃顽石所铸
睁一双黑洞般双眼
向长空昂起我不朽的头颅

每当黑夜降临
我就发出悲壮如群猿之长啸
在空旷的海中
和着我血管里
黑色液体的轰鸣

为了心中那个信念
我默默在此修炼千年

# 抽象画

当你的身影逐渐走向真实
我也从夏日的混沌中醒了
早已习惯把你读成一幅美丽的抽象画
只可远观不可深解其意

退回到属于我的那一幕窗帘下吧
把那并不疼痛的伤口
揉成一枝淡淡的丁香
插在玻璃瓶中
于落日时分
一个人慢慢欣赏

# 咖啡

当时忘了品味
在咖啡屋的一角
轻柔的音乐穿过咖啡的热气
在眼与眼之间弥漫
持杯子的手浑然不觉
冰块在温度中解冻

那两只被我们握过的杯子
早已空了千百次了
而咖啡的味道
到今日
愈
　　来
　　　　愈
　　　　　　浓

# 困扰的夜

坐在斗室的黑暗中
屋内的摆设都站立起来
膨胀着挤向我
月光透过窗户总要给墙壁增加一些苍白
电风扇旋转却赶不上时间的脚步

什么样的声音可以穿透眼帘
什么样的舞步来自亘古
什么样的手臂能擎住结局
什么样的心灵应该停止思索

坐在斗室的黑暗中
光电感应的手臂伸进时间的长发
拼命想要梳出一个
未曾流行的解脱

# 几张黑白相片

又想起了远方
那个令人流泪的地方

几张黑白相片
静静地躺在桌上的影集里
我们曾无数次攀登的山岭
映衬着我们年轻的脸庞

那时的风是多么柔啊
阳光是多么的暖
我们的笑容是多么灿烂

如一列疾驰而过的火车的时光
却是我一生的辉煌
在我漂泊的心中
永远是蔚蓝大海一片

合上影集
一切都没有了
只剩下我们被岁月腐蚀得斑斑驳驳的心
和白日里冷漠的相遇

想念想念想念啊
远方
那个我们携手走过的不倦的山岗

# 曾经

曾经喜爱诗歌如同喜爱自己的生命
曾经崇拜三毛也要去撒哈拉历奇
曾经常常到山上看日出日落
曾经希望自己变成一条鱼自由在水里

曾经的梦想已显得可笑
曾经的眼泪已是多余
曾经的青春一去不返
曾经的朋友各奔东西
曾经的我们已成为过去
曾经！

# 少妇

少妇倚在古铜镜前
看黄昏渐渐在她眼中消退了颜色
清晨摘下的木槿花在瓶中枯萎
少妇拢一拢疏松的发髻
然后款步出镜

后院月光如水
照见她的素衣和微锁的眉头
风过处
衣袂的馨香惊动了
一对熟睡的蝴蝶
自花间
飞出

# 假面舞会

人人都戴着面具
微笑的
冷酷的
慈祥的
滑稽的

谁都可以共舞
纯洁的
虚伪的
美的
丑的

管它
真的 假的

# 衡

半个月亮升起来了
静谧的夜里
总有一种氛围令人
不甘心

仿佛不完整的月里
缠绕着一些不能把握的东西
冷冷的水边
我在努力调整自己的呼吸

# 幻想

幻想
是节日的礼花
在高高的夜空
相继绚丽地
开放

而我
仍在捕捉那
留在心中的
斑斑驳驳游离
的光

# 佛

在佛的脚下匍匐千年
长明灯照干了眼里的泪滴
我是卑微的生灵在向你深深忏悔
香火缭缭熏烤着虔诚的面孔

将一颗炽热的心夹进泛黄的经书里
放在柜里收藏
让世人慢慢吟诵
雨夜木鱼声孤单地响着
阿
　　弥
　　　　陀
　　　　　　佛

# 异乡

不知是秋天还是冬天
不知的季节也还有雨
朦朦
朦朦的天　朦朦的树
朦朦的心

在那个湿漉漉的夜晚
哦　我们这流浪的一群

# 无法了结的心事

渴望
是一棵常青的树
在你的心中
那样执着地
越长越茂盛
仰望着天空

在被热情燃烧得疼痛的夏日
揉进了我的无奈
和我的悲哀

而当月光照进窗户
有谁又能倾听
夜里我低低的哭泣

# 十八岁

仿佛轻风拂过湖面
在这个圣洁的年龄
风也简单　云也简单
心也简单

一把破旧的老吉他
弹奏着简单的快乐
日子就在琴弦上
静静地度过

多年以后
当寺庙的钟声远远传来
一个懵懂的少年
仍在那棵芭蕉树下
怔怔地出神

# 捕蝉

螳螂捕蝉黄雀在后
这是很久以前的比喻
我们不是螳螂
我们只是几个小小的顽童
一根顶端沾满蛛网的竹竿
就是我们手中致命的武器

那一片茂密的核桃树林
是我们儿时的天堂
那只刚才还在枝上
大声唱歌的蝉
转眼就成了我们手中
廉价的玩具

# 青春

幸好自己还年轻
夜深人静时我常常这样想
不必为时光流逝而担忧
属于我的日子还很长

随意走在大街上
穿着活泼的时装
向人们炫耀青春
让他们回忆起过去的时光

# 后记

## 在诗歌里欢笑和哭泣

与诗歌结缘，是自然而然的事。那时我还年轻，正是多愁善感的年龄。一朵花开，一场小雨，一片落叶，都会触动我敏感的内心。我在诗歌里欢笑，在诗歌里哭泣，在诗歌里默默地舔舐着内心的伤口。当时大约写了三十首，遗憾的是，后来因为忙于俗事，停笔了十几年。幸运的是，多年以后，我又重拾久违的诗笔，并一直坚持到现在。

虽然写了较长的时间，但我写得并不多，到目前总共只有一百多首，挑选其中一部分结集成册，算是对自己几十年写作的一个交代。本诗集分为五辑，第一辑主要是写旅游景点；第二辑主要是写闲花野草；第三辑主要是写季节和琐事；第四辑主要是写人物；第五辑是最早时期的作品。因为时间跨度较长，风格不是很统一。但不管怎样，总算把这些零散的诗歌整理出来了。

在诗歌的道路上，我一直努力学习着，艰难跋涉着。如果某一天写出一首像样的诗歌，自己就会觉得很有成就感。到现在，诗歌已经成了我生活的一部分，它就像一个良师益友，默默地倾听我的心声，抚慰我的心灵，芬芳着我的生命。

作者　于 2020 年 2 月 26 日